Kærlighed når du er 70-80+

Efter mere end 50 år med en dejlig og kærlig

ægtefælle - er du alene!

Lykkes det at få et liv med kærlighed igen?

Er der stadig gode oplevelser forude?

Sæt roser på din elskedes natbord!

KOLOFON

Forfatter Kristian Larsen

Titel Kærlighed når du er 70-80+

Layout info@wintherssproghus.dk

Forlag Books on demand GmbH, København, Danmark 2020

Tryk Books on demand GmbH, Nordenstedt Tyskland

ISBN 9788743025856

Forord

Kærlighed når du er 70-80+ handler om to mennesker, der har mistet den, de har elsket og været sammen med i over 50 år. De har begge oplevet sygdom hos deres ægtefælle, men er nu alene og savner kærlighed og det fællesskab, de havde med deres partner. De vil forsøge at skabe et liv med omsorg og kærlighed til et voksent menneske igen. *Læs om det lykkedes!*

Vi har skrevet vores lille bog, fordi vi ved, at selv om du er 70 eller 80 år, så er kærlighed til et andet menneske en vigtig del af livet. Det holder dig glad, ung og frisk. Sæt røde roser på din elskedes natbord, husk at sige; *tak for i dag, hvor jeg elsker dig.*

Læs bogen og bliv inspireret!

God fornøjelse
Karin og Kristian

Indhold

Kærlighed -Kærlighed - Kærlighed

På rejseoplevelse med Kristian

1. Indledning

Jeg er på vej fra Kalundborg til Nysted. Jeg har været på besøg hos min bror og hans kone. Jeg kører ad den gamle vej forbi Næstved og Vording-borg over den gamle bro ved Masnedø fortet. Jeg gør holdt på Masnedø, mine gode *kunstner venner* i Nysted har fortalt mig, at jeg skal se en inte-ressant kunstudstilling *inde i fortet*. De har ret, udstillingen er værd at se. Da jeg kører derfra, går mine tanker tilbage til min mand og til alle de gan-ge vi sammen har haft dejlige oplevelser med kunstudstillinger og mange andre ting. Min mand lever ikke mere, og jeg savner nogen at dele nye op-levelser med.

Jeg tænker på, at jeg for nogle måneder siden havde været på en busrejse med en god veninde. Vi havde haft en dejlig tur og været i selskab med en enlig mand, HK. Min gode veninde fortalte alle busgæsterne, at vi var fra kommunen og skulle passe på HK. Det fik vi meget sjov ud af. HK fortalte, at han levede alene Han havde haft kræft og havde passet sin syge kone, der var dement, men han måtte give op, da han selv fik kræft. Han synes det var svært at være alene, der var ingen at sige godmorgen eller godnat til, han sagde også. at han var 78 år og fra Slagelse.

Jeg tænkte, at han havde ret i, at det var underligt at blive alene efter at have kendt sin ægtefælle i over 50 år, men jeg var meget bevidst om, at jeg ikke havde behov for at kende en ny mand nærmere og slet ikke en mand, der havde haft kræft og var 8 år ældre end mig. Jeg har haft den bedste mand jeg kan tænke mig, men også en mand, der har været igennem sygdom med hjerneblødning og kræft. Det klarer jeg ikke mere.

Medens jeg kører videre mod Nysted, tænker jeg på, at det nu var en interessant mand, vi havde været sammen med, han havde humor, han kunne lide at køre på ferie i bil til Tyskland og Østrig, som jeg selv havde gjort i mange år, og så savnede han selskab. Måske havde vi fælles interesser? HK havde den første aften spurgt, om han måtte sidde ved vores bord til spisning. Min veninde sagde ja, og jeg havde inviteret et andet par, så vi blev et hyggeligt bord hver dag morgen og aften på hotellet.

Min veninde var meget begejstret for HK. Hun omtalte ham med strålende øjne, hver gang hun havde talt med ham og overvejede at invitere ham til sin fødselsdag, så kunne de danse hele aftenen. Min veninde elsker at danse, og hun syntes, at HK dansede dejligt.

En aften var hun dog lidt gal efter, at have talt med ham. Hun syntes, han pralede med sine rejser, han skulle ikke tro, han var mere end hende. Jeg slog det hen med, at alle gamle mænd elsker at tale om deres storhedstid, og sagde, at det skulle hun ikke tænke mere på.

Spreewald i Niederlausitz

HK: Her er de to damer, som fortalte i bussen, at de kom fra *Kommunen* og skulle passe på mig på rejsen, fordi jeg havde svært ved at kunne finde ud af det. - *Ha! Ha!*

Kanetur i Spreewald

Senere var vi med vores bussel-skab på en rundtur hos Sorber-ne i Saksen, vi var på vej til en *kanetur* på floden Spreewald . Min veninde havde godt fat i HK, men pludselig løb han fra hende og hev mig ned i en båd, hvor der kun kunne sidde to. Jeg så bekymret efter min veninde, men hun fandt plads et andet sted. Jeg undrede mig over HK og så på ham, da han sad ved siden af mig. En stille rar mand, men måske med lidt mere hu-mor end jeg først havde set. Jeg følte en mærkelig tryghed ved at sidde ved siden af ham, jeg til-bød ham at dele en lille bitter med mig, jeg havde kun lige småpenge til at købe en.

Den sidste aften, vi var på hotellet, skulle vi gå tur med alle gæsterne i et fakkeloptog gennem en skov. Jeg havde lyst til at tale lidt mere med HK og spurgte, om han ville med på fakkeloptog sammen med os andre. Han sag-de, at så skulle han først op efter sin frakke på sit værelse. Jeg ventede lidt, men da min veninde og flere gæster stod udenfor vinduet og kaldte på mig, gik jeg ud til dem og håbede, at HK selv kunne finde ud af at komme.

Han kom først, da vi var gået, og jeg hyggede mig med de øvrige gæster til musik og fakkeloptog resten af aftenen. Den sidste dag på vores rejse drak vi, min veninde, HK og jeg kaffe sammen ombord på båden. Min veninde fortalte senere, at hun oplevede, der var noget intimt mellem HK og mig. HK gav sit visitkort til os begge, så vi kunne se, hvor han boede. Måske havde han overvejet at kontakte os?

Der er næsten gået 3 måneder, min veninde og HK har ikke mødt hinanden. Jeg undrer mig over, HK ikke har ringet til mig og sagt tak for sidst. Han havde jo givet min veninde og mig sit visitkort, så jeg har hans telefon nummer. Måske skulle jeg invitere ham til kunstudstilling? Men kan jeg det? Måske har han fundet et andet bekendtskab og glemt alt om mig. Alligevel kan jeg ikke slippe tanken. Jeg husker hans interesse og opmærksomhed de sidste par dage på vores busrejse og min følelse af, at vi havde noget til fælles.

Da jeg kommer ned i mit sommerhus i Nysted, beslutter jeg mig for at sende en sms til HK og invitere ham til kunstudstilling på Fuglsang Kunstmuseum, der ligger tæt ved mit sommerhus. Hvad kan der ske? Måske siger han nej tak eller ja tak. Måske bliver jeg skuffet, fordi han ikke er, som jeg husker, men jeg må have ham ud af mine tanker ved at få klarhed. Hvad mon han tænker, da jeg har sendt en sms fra Nysted til Slagelse? - Min mobil ringer, jeg tør næsten ikke tage den!

HK - *Jeg fisker min gamle Nokia telefon op af lommen*

Jeg sidder hos mine gode venner og får en pilsner og en jægermester. Jeg kan mærke, jeg får en SMS, fisker min gamle Nokia telefon op af lommen og ser, der er en SMS.

Da jeg åbner den ser jeg til min store overraskelse, at det er fra en pige, som jeg har truffet på min rejse til Pretzsch, Karin, er hendes navn. Jeg siger. *Det var satans! Hvad er det?* siger min ven Ivar. Nu skal du høre, det er fra en dame, som var med på turen for et par måneder siden. Hun skriver til mig om jeg vil med på en kunstudstilling ved Nykøbing F. Det er sku` da utroligt, at hun skriver til mig. Nu står der, at jeg kan ringe til hende og sige ja tak. Det vil jeg da gerne. Jeg blev sådan lidt varm i kroppen, afslutter hurtigt mødet med Ivar og går op til mig selv.

Jeg tager mod til mig og ringer til Karin. Jeg siger tak til hende, jeg vil gerne komme til Fuglsang Kunstmuseum. Det var jo mere, end jeg havde drømt om, at sådan en smuk pige ville skrive til en. Jeg starter min bil og er meget sitrende i min krop, jeg har taget det fine tøj på. Det var mere end, jeg havde turde håbet på skulle ske. Jeg havde siddet uden min kone i to år, så det ville jo være dejligt at møde kærligheden igen.

Jeg drejer ind på parkeringspladsen til Fuglsang Kunstmuseum og holder, samtidig kommer Karin og drejer lige op ved siden af mig. Ud af bilen træder jeg med bankene hjerte og tænker; Hold da op, går hende i møde og siger tak for invitationen, og at jeg glæder mig til at skulle se museet sammen med hende. Vi spadserer sammen og ser en dejlig udstilling.

Karin spørger om jeg har lyst til en kop kaffe, og at der ligger en lille restaurant i parken. På vejen dertil kommer der en lille dejlig hånd og tager min hånd, puha! Det var bare så fantastisk for mig. Efter en kop kaffe med kager, spørger Karin, om jeg vil se hendes sommerhus og have et par stykker smørrebrød, det vil jeg gerne. Men nu havde Karin været så sød at invitere mig til sit sommerhus, så jeg tænkte, om jeg kunne tillade mig at spørge, om hun ville se, hvordan jeg boede.

Og til min store glæde og lettelse sagde hun ja tak, så sagde jeg pænt tak for i dag og glædede mig til at møde hende i Slagelse.

Jeg kom glædestrålende hjem og fortalte Ivar, at nu skulle jeg lave lidt om i min lejlighed,

HK i Nysted med sin flotte Katja

fordi jeg fik besøg. Ivar var så frisk at sige; lad os se på det. Men det måtte vente godt en uge, til jeg var kommet hjem fra en rejse til Østrig, sammen med mine gode venner Ulrik og Dorte.

2. Det første møde

Karin - Min mobil ringer

Min mobil ringer, jeg kan se det er HK, jeg føler mig som en pige på 16 igen og tør næsten ikke tage telefonen. En stemme siger: "Det var en dejlig sms jeg har fået", jeg bliver lettet. Det er ok, jeg har sendt en invitation til kunstudstilling på Fuglsang Kunstmuseum. HK foreslår, at han kommer næste dag til Fuglsang. Jeg tænker på, hvad det er, jeg har sat i gang. HK bor i Slagelse og skal køre frem og tilbage på en dag, der er nok 200 km, jeg bliver nød til at sørge for, han får lidt frokost, han er jo ikke helt ung, så jeg bestiller et par stykker smørrebrød hos slagteren. Næste dag kører jeg ind på parkeringspladsen på Fulgsang Kunstmuseum, ved siden af mig svinger der en bil ind og ud af bilen stiger HK. Vi ler begge to og er lidt

forlegne, jeg bliver tryg ved at se hans pæne jakke, der er noget genken-
deligt over den. Vi ser udstillingen, og jeg fortæller om museet og parken.
I parken går vi forbi det lille kinesiske te hus og over til den tidligere for-
pagterbolig, der nu er cafe og galleri. Jeg foreslår, vi tager en kop kaffe.
Jeg holder meget af Fuglsang Herregård og er ofte kommet her alene eller
sammen med min mand. Vi får lidt frokost i mit lille sommerhus. Jeg kan
ikke lade være med at bemærke, HK er for tyk over maven. Jeg er heller
ikke glad for at sige *HK*, det er en fagforening, så jeg spørger, om jeg må
sige Kristian i stedet, det er da et pænt navn. Da vi siger farvel, har Kristian
inviteret mig til Slagelse, Kristian fortæller, at han skal til Østrig med sine
venner, men meget gerne vil vise mig Slagelse, så jeg kan se, hvordan han
bor, og hvordan Slagelse ser ud.

Kristian - *Ivar og jeg fandt noget maling, der matchede*

Efter hjemkomst holdt jeg så møde med Ivar, og han kom med nogle gode
ideer til, hvordan vi kunne lave om på stuen, det blev vi så enige om. Hans
kone, Ulrikke, syede en ny dug til mit sofabord. Ivar og jeg fik blandet no-
get maling, der matchede med mine møbler og kørte ud og købte et nyt
fjernsyn. Jeg gik i gang med at vaske min lejlighed ned, vaske fodpaneler,
vægge og alt, og Ivar malede og gjorde ved, trak ledninger og strøm til mit
nye fjernsyn. Så lejligheden stod i skinnende tilstand og med blomster
overalt, da Karin arriverede. Det var godt nok spændende, at hun skulle
indfinde sig og hvad der skulle ske, hvilket indtryk hun fik af mig og min
bolig, for jeg syntes jo, at Karin var en charmerende dame, så jeg var
spændt på hendes reaktion. Jeg fremviste min lejlighed, da Karin kom og
hun syntes, jeg boede pænt.

HK: Min terrasse, hvor vi nyder det

Vi satte os i sofaen og fik en kop kaffe og kage, jeg skulle jo nødig overdrive. Vi sad og talte sammen om livet, og jeg fortalte lidt om min rejse til Østrig sammen med Ulrik og Dorte. Jeg havde jo ikke kørt til Østrig alene, det havde jeg prøvet en gang før, da endte det med, at jeg kørte hjem dagen efter. *Det er ikke sagen*, siger jeg til Karin. Det er ikke sagen at rejse alene, når man har været vant til at være to om at rejse.

Mine rejser har altid været individuelle rejser, hvor vi fløj eller kørte rundt i bil, bortset fra de golf ture jeg var med på, så Karin; *det havde været dejligt, hvis du havde været med mig, tror jeg?* Karin lagde sin lille dejlige hånd oven på min hånd og gav mig et smil. Jeg så på hendes strålende øjne og lænede mig over til hende og gav hende et lille kys på kinden.

Vi talte meget sammen om kærlighed om det at sidde alene, det skabte jo et tomrum i livet. Så lige pludselig sad vi tæt med hinanden i begge hænder og det endte med, at vi gav hinanden et stort knus, og det var dejligt.

Min hånd glider op og ned ad ryggen på Karin, Karin lægger sit hoved lidt på skrå og lige pludselig kysser jeg hende, og der opstår en stor varme i vores begge kroppe.

Jeg tror, vi begge følte en, ja hvad føler man. For mit eget vedkommende havde jeg haft afsavn i kærlighed et par år og det var måske det samme for Karin. Karin sagde: *Venter du gæster?* Nej, det gjorde jeg jo ikke, og så udviklede det sig lige pludseligt til, at vi begge følte trang til at elske. Det var dog fantastisk, men spænding og så videre. For mit vedkommende kneb det med at få erektion, men vi forsøgte efter bedste evne. Men det var ikke den store succes fra min side, men Karin er jo en fantastisk pige, og hun gav mig et kram og var forstående. Ja, det var jo godt nok en fantastisk oplevelse, og så sad jeg der. Hvad sker der nu med mit forhold til Karin, når jeg ikke kunne vise hende min manddom, troede hun, jeg ikke havde noget manddom tilbage. Hun vidste jo, at jeg havde haft prostatakræft, så jeg måske ikke kunne noget af det seksuelle samvær. Men det tog hun fantastisk.

Jeg tager min kalender frem og spørger Karin, hvornår hun har tid til at tage på en lille rejse med mig. Jeg har et godt sted nede ved Rhinen i Asmannshausen, jeg gerne vil vise hende. Samtidig kunne vi besøge min vinmand i Diedesheim. Karin syntes, det er en god ide, og vi aftalte, at jeg skulle komme til frokost i Nysted igen, så kunne vi aftale nærmere om, hvornår vi skulle rejse. Men efter min fiasko som elsker, kontaktede jeg min læge og sagde, at jeg havde hørt om noget, der hedder Viagra, kunne jeg få sådan nogle piller. *Hvor stærk vil du have dem? Ja det har jeg jo ikke forstand på.* Så han foreslog, at jeg kunne få nogle på 25 milligram, og så kunne jeg prøve det. Han ønskede mig god fornøjelse, og så grinede vi lidt af det.

Karin - der er lidt museum over det, men meget charmerende

Jeg er på vej til mit sommerhus i Nysted men er inviteret til at se, hvordan Kristian bor på vejen. I Slagelse finder jeg en stor hvid patriciervilla med en pæn velholdt fælleshave og parkeringsplads, der er 3 boliger i huset. Kristian bor på første sal. Jeg kommer ind i en Hall. Der er lidt museum over det, men meget charmerende.

Kristian har lavet kaffe med kage. der er rent og pænt en lille herskabelig lejlighed med blomster og lys, der er hyggeligt. Det er let at tale sammen, jeg kan rigtig godt lide ham, da han vil kysse mig, har jeg ikke noget imod det, det er dejligt.

Det er lang tid siden, jeg har elsket og jeg får lyst til det, men jeg ved at Kristian sikkert har problemer efter sin strålebehandling for prostatakræft, så jeg forventer ikke, han kan. Vi forsøger dog begge at nærme os hinanden. Heldigvis bliver det ikke til noget denne dag, jeg syntes også, det er lidt for hurtigt.

Vi aftaler, at Kristian skal komme til mit sommerhus ugen efter. Kristian vil gerne invitere mig til Tyskland, han skal hente noget vin hos sin vinmand i Deidesheim. Jeg tænker på, at jeg har et gavekort til et hotelophold, det kunne vi jo så benytte samtidig. Da Kristian kommer til Nysted, aftaler vi imidlertid, at vi benytter mit hotelophold på Gram Slotskro, og han vil så herefter invitere mig til et ophold på Skagen. Derefter kan vi så tale om at hente vin i Tyskland m.m.

Vi har endnu en hyggelig dag i Nysted. Jeg viser Kristian rundt i området og vi spiser frokost. Endnu engang kan vi lide at mærke hinanden, men det bliver ikke til mere. Jeg er glad for det og tænker på, hvis det skal blive til mere, må det gerne være på udebane, hvor vi ikke er hjemme hos nogen af os. Der er sikkert mange følelser hos os begge to.

Jeg tænker på, at min mand døde for snart et år siden. Af respekt for min mand og mine sønner, vil jeg ikke invitere nogen mand hjem i mit hus, før der er gået et år, men måske kan jeg godt tage på ferie med Kristian, der er jo næsten gået et år nu.

3. Skagen

Kristian - *Gram Slotskro og Skagen*

Vi er i august måned 2016, og Karin er på vej til mig i Slagelse. Karin har bestilt et ophold på Gram Slotskro, og bagefter har jeg inviteret Karin til Skagen. Jeg har ikke sovet i nat på grund af, at Karin skal komme, og vi skal på Gram Slotskro. Vi skal sove ved siden af hinanden, og hvad vil der ske. Hvad forventer Karin af mig? Det er jo sin sag, at man skal ligge ved siden af en pige, som er smuk og dejlig, så jeg var meget nervøs, trods min høje alder og livserfaring, men Karin kommer, og vores rejse begynder mod Gram i Jylland. Det viste sig, at det ikke var selve slotskroen vi skulle bo på, men et anneks til kroen, et lille værelse. Vi ville gå i bad og klæde om inden middagen, det er jo også en udfordring, sådan at stå i underbukser og se hinandens kroppe. Men Karin har en utrolig flot krop. Går over til hende og giver hende et stort knus. Efter vi har været i bad går vi over til slotskroen og spiser en god middag med vin. Vi går så fra kroen til vores værelse. Jeg havde i det skjulte taget en af disse viagra piller. Jeg vidste jo ikke, hvad der ville ske, når vi nu kom over og skulle ligge i hinandens nærvær. Det viste sig, at vi begge havde lyst til at røre ved hinanden. Jeg ligger altid helt nøgen, men Karin havde både nattøj og trusser på. Min hånd gik jo op under hendes Ole Lukøje trøje og jeg mærker hendes krop, og inden vi ser os om, ligger vi jo som Gud har skabt os og kærtegner hinandens kroppe, hvorefter min viagra pille virkelig virker. Jeg glæder mig nu til de næste dage, hvor vi kører til Skagen. Tænke sig at skulle opleve endnu to dage sammen med Karin, det er jo bare fantastisk.

Vel ankommet til Skagen, hvor vi bor på *Collor Hotel*. Her vi fik et rigtigt pænt værelse at bo i og til aften fik vi en god middag med rødspætter og dessert. Ved nabobordet sad et par hyggelige mennesker fra Esbjerg, på alder med os, som vi fik en hyggelig sludder med. Manden mente dog, at rødspætterne ikke var stegt godt nok, så det morede vi os lidt over. Efter måltidet gik vi i baren og der sad en pianist ved flyglet og spillede dejlig musik. Vi fik ham til at spille noget musik for os, og vi foretog en lille dans. Jeg tror, vi begge to følte kærlighed til hinanden. Jeg syntes jo, at Karin var en utrolig pige, at jeg skulle møde en sådan pige i min alder er jo for mig fantastisk. Efter vores dejlige middag og dans gik vi til vores værelse og omfavnede hinanden og havde elskov flere gange i løbet af natten og min viagra virkede, hvor er det vidunderligt.

Morgenen gryr, og vi går til morgenmad med alt, herefter bliver vi kulturelle og går på museum, og senere tager vi Sandormen til Grenen. Vi kan ikke lade være med at holde hinanden i hånden og går og giver hinanden små kys og kram.

Karin er jo en fantastisk smuk pige. Jeg har måske nok skrevet det før, men jeg kan jo ikke lade være med at gentage det. Efter nogle fantastiske dage, sammen ned Karin, gik turen nu hjemad. Det er næsten ikke til at fatte, at jeg skulle opleve dage med elskov og kærlighed. Det er som at svæve på en sky, jeg kan næsten ikke fatte, hvad der sker. Men det er jo sket, det er bare så utroligt for mig.

Vi havde begge en fantastisk elskov, det var bare dejligt, det var så vidunderligt. Vi blev begge udmattede, og vi lå i hinandens arme og nød hinandens nærvær. Efter en dejlig nat vågnede vi begge tidligt, og hvad gentog sig, vi kærtegnede igen hinandens kroppe så inderligt, så vi elskede igen, med samme store følelser.

Karin er en fantastisk pige. Hun elskede så vidunderligt, jeg blev så glad over at opleve sådan en pige, jeg havde en fantastisk følelse ved at tage hende i min favn og opleve sådan en elskov. For mig er Karin en fantastisk spændende, smuk og omsorgsfuld pige.

Skagens Museum

**Skagen med besøg på
Skagens Museum, Anna og Michael Museum samt Krøjes hus.**

Karin - *Gram Slotskro og Skagen*

Jeg er på vej til Kristian i Slagelse. Derfra kører vi videre til Gram i Jylland, men på vejen gør vi holdt i Ribe og ser domkirken, samt et mindesmærke af Hans Tausen, som står foran kirken.

Jeg har fortalt min familie, at jeg skal til Jylland med nogle venner, som jeg mødte på min rejse til Pretzsch. Jeg vil gerne vente lidt med at fortælle mine sønner om Kristian. Hvad mon de vil tænke, at deres mor rejser med en fremmed mand et lille års tid efter deres far ikke er her mere. Jeg må også være sikker på, at mit begyndende venskab med Kristian vil holde.

Vi er på vej til Gram Slotskro. Slottet ligger på en lille Ø, omgivet af vand, ved siden af ligger kroen og på modsatte side af gaden en tilhørende bygning, hvor vi skal bo, i et lille værelse. Middagen bliver indtaget på kroen. Efter middagen går vi over på vores værelse, det er første gang jeg skal sove sammen med Kristian.

Hvordan mon det vil gå? Jeg føler mig tryg ved ham, og han er meget forsigtig og betænksom, men inden natten er omme, elsker vi, som om vi begge er unge igen.

Kristian elsker dejligt, det er ikke til at mærke, at han har haft prostatakræft. Det gør ikke noget at værelset er lille, det registrerer vi ikke mere. Jeg nyder igen, at have et tæt forhold til en mand. Kristian siger; *han elsker mig.* Jeg har lidt svært ved at sige det samme til ham, for mig er det at elske nogen, et stort ord, men jeg holder mere og mere af ham, måske vil det komme senere.

Næste morgen kører vi til Skagen, hvor vi bor på et dejligt hotel i 2 nætter. Vi besøger Skagens Museum, Krøjers hus og Anna og Michael Ankers museum.

Skagens malere

Vi tager ud på Grenen og står med en fod på hver side af Vesterhavet og Kattegat. Vi er begge lidt kåde og kan ikke lade være med at holde om hinanden. Solen skinner, vandet er dejligt og pludselig er vi unge igen. Om aftenen nyder vi en god middag med klaverspil til og senere elsker vi igen, som om vi ikke har elsket i flere år.

Med Kålormen til Grenen på Skagen

Efter en dejlig tur til Gram og Skagen har vi aftalt, at Kristian skal komme til Nysted den følgende weekend. Jeg glæder mig til at se ham og har igen købt smørrebrød hos slagteren i Nysted. Jeg har gjort sommerhuset pænt og er spændt på, hvad han vil sige til at skulle sove i sommerhuset. Han svinger ind på grunden i sin fine Renault Katja. Vi smiler begge to, jeg kan mærke, at vi begge er glade for at se hinanden. Vi får en dejlig frokost, og bagefter er vi nød til at mærke hinandens varme. Vi har svært ved at holde os fra hinanden, vi hviler os lidt, medens vi ser ud i naturen fra sommerhuset. Vi ser på rådyrene og fasanerne, der trygt går foran døren til vores soveværelse, solen skinner, medens vi nyder at være sammen.

Den næste dag kører vi til Fuglsang Kunstmuseum og ser en dejlig udstilling om skagensmalerne. Vi kører til Marielyst, Jeg viser Kristian, de steder jeg holder af. Inden weekenden er forbi, har vi aftalt, at vi skal køre til Tyskland og besøge Kristians vinmand i Deidesheim. Vi planlægger sammen turen, Kristian har flere steder, han gerne vil vise mig.

Kristian - *at fortælle mine to døtre historien*

Nu følte jeg jo tid til at fortælle mine to døtre historien om Karin. Marie syntes, at det var alle tiders for mig, at jeg jo igen havde fået et liv og sagde; *det er godt for dig Far.* Min anden datter Charlot, var i første omgang lidt mere reserveret, men sagde ikke noget om, at det kunne jeg ikke, men hun har i den grad skiftet standpunkt og synes, at Karin er en dejlig pige, og de taler godt sammen. Jeg tror, det er godt, for begge mine døtre, at de har fået Karin at tale med en gang i mellem. Og de kan jo også se på mig, at jeg har fået en opblomstring. Det er jo ikke, fordi jeg ikke besøger deres mor på plejehjemmet, jeg kommer der faktisk hver eneste uge.

Vi har haft et dejligt liv i mange år, men desværre blev min kone dement, som gør, at hun ikke kan kende mig og har ændret personlighed.

4. Rhinen og Østrig

Hotel Hess og Zwei Mohren

Nu går jeg og venter på, at Karin skal komme til Slagelse, og vi næste dag skal ud at køre *Autobahn* til Tyskland. Jeg er spændt på, hvad Karin syntes om, hvordan jeg kører bil på autobanen. Det er et par år siden, jeg sidst har kørt der. Dagens tur er på ca. 600 kilometer, hvor vi skal ned at overnatte på Hotel Hess, som jeg har overnattet på mange, mange gange i mit liv. Det var jo dejligt at komme tilbage igen, nu sammen med Karin. Vi blev modtaget af fru Hess, som smilede til mig og sagde; "Guten Tag, Herr Larsen, Herzlich Willkommen" og gav os et dejligt værelse, hvor vi skulle bo. Jeg var spændt på at komme tilbage igen, nu, sammen med Karin. Hvordan ville jeg føle det, men det havde jeg ingen problemer med. En lille anekdote; da jeg kom ind i restauranten, behøvede jeg ikke at bestille noget, da de så mig, kom de med *eine kleines Bier und eine Jægermeister* til mig. Det glædede mig meget, at de kunne huske mig efter et par års fravær. Nu kunne jeg jo få min Jægersnitsel, som man kun kan få på Gasthof Hess, Karin gav mig også ret i, at den smagte godt.

Næste morgen, efter en skøn nat i et dejligt værelse, gik turen mod Worms, hvor Karin skulle tage et billede af en berømt Denkmal af Martin Luther. Normalt ville jeg ikke drømme om at køre en omvej på 200 kilometer for at tage et billede, men hvad gør jeg ikke for at gøre et godt indtryk og vise medgørlighed, - og *det er jo ganske normalt for mig!*- Men så efter fotografering gik det mod Assmannshausen.

Hotel Zwei Mohren i Assmanshausen ved Rhinen

Der var jeg også spændt på, at vende tilbage til sammen med Karin, og det
var jo også morsomt at blive modtaget der af fruen på Twei More med or-
dene; *nå! du har nok fået nye briller*. Så var jeg jo lige som hjemme igen,
Hun hilste pænt på Karin og bød hende velkommen. Igen fik jeg mit gamle
værelse med udsigt til Rhinen. Karin havde også tidlige boet på et hotel i
Assmannshausen, som vi også besøgte, men nu var vi jo i bil og kunne køre
rundt og se Rüdesheim, klostre og kirker med mere ved Rhinen. Det var
dejligt, at jeg kunne gå der hånd i hånd og få et lille klem en gang i mellem.
Det var dejligt at være ude at rejse igen. Herefter kørte vi til min gamle vin-
gård i Deidesheim, hvor de godt nok havde travlt med at høste og køre
vogne med vindruer til produktion, jeg viste hvilke vine, jeg ville have og

fik hurtig afgivet min bestilling. Ka-
rin er en nysgerrig personlighed, og
spurgte mig om jeg troede, at hun
kunne få lov til at se vinkælderen
og produktionen, hvortil jeg svare-
de; *nej det kan vi ikke spørge om,
prøv at se, hvor hektiske aktivite-
ter, der er.*

Men jeg kendte ikke Karin så godt
endnu, så det tog hun sig ikke no-
get af, det har jeg så opdaget sene-
re, sådan er hun. Men hun er sød
nok til at spørge mig. Så Karin gik
frejdigt hen og spurgte, om hun
kunne få lov at se produktionen.
Og med hendes søde smil og an-

Deutsche **Weinstrasse -
en symfoni af druer**

sigt fik hun lov til det. Ejeren lod arbejde være arbejde og gik med os i
kældrene, hvor vi så produktionen og vintønder med mere. Flot at se. Jeg
har aldrig selv turdet spørge i de mange år, jeg er kommet, men nu fik jeg
det at se, takket være Karins nysgerrighed.

Og så var der fart på videre, hvor vi skulle møde Karins veninde, Gerda og
hendes mand Cato i Rossdorf. Og derefter gik turen tilbage til Slagelse.
Dette var en dejlig rejse for mig med al den kærlighed og omsorg, jeg fik af
Karin.

I, der nu sidder derhjemme, se nu at komme ud at opleve noget, før det er
for sent. Om I kan køre selv eller tage på en bustur eventuelt med *Vitus
Rejser*, som jeg på det kraftigste kan anbefale. Det er voksne mennesker,

der rejser med dem. Selvfølgelig var det jo også der, jeg traf Karin, når nu vi er ved det; husk at gå ud at købe en buket blomster til din elskede. Husk, at der kommer et par røde roser i buketten, som viser din kærlighed. Sæt gerne en buket røde roser på natbordet til din elskede, det gør under-værker, jeg taler af erfaring. Efter hjemkomsten fra turen til Tyskland, får jeg en ubehagelig oplevelse, jeg fik en blodprop i mit hjerte, men var jo heldig at overleve det, takket være dygtige læger. Men mine tanker gik trods alt på mit liv, hvad vil det betyde for mig, at jeg nu også har haft en blodprop, hvad vil det betyde for mit videre liv. Hvad vil Karin tænke? men Karin kom til mig på Roskilde Sygehus og trøstede mig og sagde, det skal nok gå. Nu skal du tilbage til Slagelse og komme videre med behandling. Jeg skal nok støtte dig, alt det jeg kan. Du skal bare tale med mig om alle dine tanker, så du kan komme oven på igen.

Jeg har jo to dejlige piger, som selvfølgelig også bekymrer sig om sin far, men det er jo vidunderligt, at Karin kommer, og man får et dejligt kram og kys og bliver fortalt, at man ser godt ud. Men livet går videre og jeg skal nu i gang med genoptræning.

Karin - *Worms, Rheinen og Ross-dorf*

Martin Luthers Denkmal i Worms

Hans Kristian har inviteret mig på en dejlig efterårs tur til Assmannshausen ved Rhinen. Vi besøger hans vingård, der ligger ved den tyske Vin Strasse, hvor han i mange år har hentet vin. Vi besøger også byen Worms, hvor jeg skal tage et foto af en berømt Denkmal af Martin Luther, som jeg skriver

Gode venner i Rossdorf tager godt imod Kristian

en bog om. På vejen hjem inviterer jeg Kristian til Rossdorf, hvor vi over-
natter på et lille hotel. Jeg har aftalt med min tysk/norske veninde og hen-
des mand, Cato, at vi skal se Gerdas hus i Rossdorf. Mine venner tager
godt imod Kristian og inviterer os på fin middag i byen. Det glæder mig, de
kan lide ham.

5. Sygdom og omsorg

Roskilde Sygehus.

Kort efter vores hjemkomst fra Tyskland har vi planlagt, at Kristian skal
komme til Nysted og hjælpe mig med at male mit sommerhus, det glæder
mig meget, at han har lyst til at hjælpe mig i sommerhuset. Han fortæller,
at han har smidt alt sit gamle arbejdstøj ud, fordi han ikke vil arbejde me-
re, men alligevel er det lykkes at finde noget tøj, som han vil bruge. Et par
dage før vi skal til Nysted, ringer han og siger, at han er blevet indlagt med
en blodprop. Jeg kører til Roskilde Sygehus, sammen med min tidligere

rejseveninde, Inge. Mine tanker går til min viden om det, som kan ske efter en blodprop med mere. Men jeg fortryder ikke, at jeg har været sammen med Kristian i snart et halvt år. Det har været dejligt at møde kærligheden igen. Kristian ser imidlertid helt frisk ud, det ser ikke ud, som om, han har *men* af blodproppen. Han fortæller, at han får en god behandling, og hvad der skal ske med ham.

Nytårsaften

Det er snart Nytårsaften. Jeg har lovet at komme til Slagelse og holde Nytårsaften med Kristian og hans to gode venner, Dorte og Ulrik. Jeg ved, jeg er velkommen hos mine sønner, men det er jo også dejligt at være sammen med andre på min alder. Jeg mærker, at Kristian er glad for at kunne invitere sine gamle venner, som han i mange år har holdt Nytårsaften sammen med. Det bliver en festlig aften, begge mænd har deres fine smoking på, og vi to, Dorte og, jeg har lange kjoler på. Det er hyggeligt at være et par igen med gode venner.

70 års fødselsdag

Jeg har snart fødselsdag, hvordan skal jeg holde den, og hvem skal med. Jeg vil gerne samle min familie og venner, ligesom da jeg blev 60 år. Men mange af dem har ikke hilst på Kristian, og hvordan skal jeg præsentere ham for dem. Hvad vil min mands bror Per, og min mands bedste ven Knud, sige til, at jeg halvandet år efter min mands død, har fået en ny mand i mit liv. Hvordan kan jeg få mine sønner til at forstå, at jeg på samme tid savner deres far, men også er glad for Kristian. Jeg har mange overvejelser, men beslutter at invitere min familie og venner. Fødselsdagen holdes i mit fælleshus, hvor jeg bor i et seniorbofællesskab.

Festen forløber godt, det lykkedes at få alle til at godkende Kristian og at forstå at jeg forsat havde lyst til at være sammen med en dejlig mand. Min yngste søn Chris fortalte senere, at han havde tænkt på sin farmor, da hun blev alene og sagde: *Farmor fandt da ikke nogen ny mand, da farfar døde.* Men han sagde også, at alle hans venner havde sagt til ham, at det var godt for hans mor, at hun havde fået en ven, og det kunne han jo godt se, at det var rigtigt. Senere blev både Chris, og min anden søn Tom meget glade for Kristian.

6. Besøg i Berlin og Rostock

I fødselsdagsgave gav Kristian mig en rejse til Berlin. Jeg holder meget af Berlin, fordi jeg tidligere har været på studieophold i forbindelse med Goethe Institut. Det er imidlertid mange år siden, så jeg glæder mig meget til at vise Kristian, de steder, jeg har været.

Vi er på vej til Berlin, men inden overnatter vi i Pretzsch på Park Hotel. Samme hotel, hvor Kristian og jeg mødte hinanden med Vitus rejser. Hotellets vært Rolf har ofte optrådt som Martin Luther overfor sine gæster.

Han synger lige så godt som Martin Luther gjorde, og han optræder i sin munkedragt, når han går med fakler gennem den slotspark, der ligger lige overfor Park Hotel. Jeg har tidligere fået lov til at tage et billede af Rolf og indsætte det i min bog om Martin Luther. Nu har jeg taget en tysk udgivelse af min bog med til Rolf.

Køreprøve til Trabi

To damer tager Trabi - kørekort på Park Hotel

Bogen omtaler hans hotel og viser værten klædt som Martin Luther. Rolf bliver glad og kvitterer med dejlige Martin Luther øl. Kristian er ligesom jeg begejstret for den farverige vært, Rolf. Vi bestod begge teori og køreprøve til Trabi, på hans private kørebane, da vi var på busrejse med Vitus rejser.

Vi kører til Wittenberg og Torgau, der ligger i nærheden af Pretzsch. Jeg har brug for nye billeder til min kommende bog om *Katharina von Bora*. Vi besøger Lutherhaus i Wittenberg og bagefter Torgau, hvor Katharinas museum ligger, og hvor hun ligger begravet i den gamle klosterkirke.

Jeg er meget opsat på at få nogle gode billeder til min bog, og Kristian synes, det er spændende og støtter mig utroligt meget. Jeg har brug for ny viden til min nye bog og er ikke bange for at spørge de folk, vi besøger. Kristian undrer sig over min umiddelbare kontakt til de folk, vi møder, men støtter mig, vi nyder begge de oplevelser vi får, det er så dejligt at tale med ham om det, vi ser.

Vi kører videre til Berlin. Kristian har bestilt værelse på et centralt dejligt hotel tæt på Bundes regering i Berlin. Jeg har forsøgt at bestille rundvisning, men alt er optaget, derfor sender jeg en mail til Bundes regeringen og spørger om de kan arrangere en eller anden for form rundvisning til os. Det lykkes, så vi kommer ind i Bundeshaus og op i Kuplen og nyder en kop kaffe i cafeen. Alt er forandret siden jeg var der for godt

Kuplen i Bundeshaus i Berlin

30 år siden, men sjovt at se igen. Kristian foreslår, vi skal tage en sight seeing rundt i Berlin. Jeg fortæller Kristian om hvor jeg har boet i Kreutzberg og Charlottenburg. Om mit besøg i Staadtsoperaen og Museeumsinsel mm. Det er en dejlig fødselsdagsgave han har givet mig og en dejlig oplevelse at være der sammen med ham - han er så interesseret i alt, hvad vi oplever, det er dejligt at rejse sammen med ham, og hans kærlighed til mig er så utrolig.

80 års fødselsdag i Rostock

Min gode ven i Rostock, Hermann bliver 80 år. Han har inviteret mig og Kristian med til sin fødselsdag. Jeg har ofte taget færgen fra Gedser til Rostock og så har Herman hentet mig ved færgen. Men Kristian synes, vi skal benytte lejligheden til en lille ferie og bestiller en overnatning i Grevens Mühle på vej ud, jeg har fået et gavekort til et hotelophold af mine sønner, så jeg bestiller et ophold på hotel Alte Speicher i Wismar til hjemvejen. En dejlig lille ferie med nye indtryk og et kærligt samvær med Kristian.

Hermanns fødselsdag holdes i Rathaus Keller i Rostock. Hele *Morbach-Clanen* er der samt familie og venner. Det er kun et lille år siden, jeg sidst har besøgt familien, men jeg nyder at se dem alle sammen igen. Jeg kender Hermann gennem vores fælles undervisning. Vi har haft et utroligt samarbejde gennem godt 20 år med udveksling af dansk/tysk kultur. Vores familier har været sammen mange gange. Jeg er spændt på, hvad de siger til Kristian. Kristian forstår stort set alt, hvad de siger, men har det ikke så let med at sige det han gerne vil på tysk.

Både Hermann og hans kone Waltraud tager imidlertid godt imod Kristian og senere viser det sig, at familien og især Waltraud er meget begejstret for Kristian, det glæder mig meget.

Sportshotel Austria i Tyrol hos Ilse og Jonny

8. Et års dag

Kristian - Sankt Johan i Tyrol

Tiden nærmer sig nu, hvor vi snart er kommet sammen i et år. Og hvordan kan jeg overraske Karin, ved at invitere hende hen, hvor vi kan fejre det. Jeg har jo altid elsket at rejse til Østrig. Jeg er kommet igennem mange år i Sankt Johan Tyrol hos Ilse og Jonny. Og Jonny har nu købt et nyt hotel, som hedder Sporthotel Austria i Sankt Johan. Jeg vil invitere Karin derned, også fordi Karin kan hilse på Ilse og Jonny, som jeg har kendt i mange år. Og jeg må sige, det er et flot hotel, han har købt der. Så vel ankommet er vi installeret på et flot værelse, som han havde, og jeg fik præsenteret Karin for Jonny. Næste dag inviterede jeg Karin til Salzburg, og hvis I ikke har besøgt denne by, så synes jeg, I skal komme ned og besøge Salzburg. Jeg har været så heldig at have været der nogle gange, så jeg vidste, hvor jeg skulle parkere, og gik til torvet med Karin, hvor jeg hyrer en flot,

flot hestevogn, som kørte os rundt i Salzburg. Det kan jeg anbefale på det kraftigste. Jeg kan godt love jer for, at det tager kegler.

Tilbage til vores hotel i Sankt Johan fortalte jeg Jonny, at i morgen havde jeg kendt Karin i et år, så jeg havde jo ligesom i tankerne en *et-års dag*. Så efter sen morgenkaffe næste dag, var der tid til at jeg med Karin gik rundt i Sankt Johan, hvor vi gik ind i kirken og tændte to lys og satte os der og holdt hinanden i hånden og gav hinanden et lille kys.

På vej tilbage til hotellet om eftermiddagen, besøgte vi en sølvsmed, som selv sad og lavede nogle unika ting, hvor jeg fandt en skøn sølvring, som jeg købte og fik i lommen i en rød fløjlspose.

Tilbage til hotellet hvor vi kommer op på vores værelse, får vi et fantastisk syn. Da vi åbner døren og kommer ind i værelset, ser vi et kæmpe hjerte på vores seng, overstrøet med røde rosenblade, det var helt fantastisk. Efter vi har omfavnet hinanden over dette fantastiske syn, foretager vi bad og omklædning, herefter går vi ned, hvor jeg bestiller champagne og overrækker den indkøbte ring til Karin.

Vores seng - overstrøget med røde rosenblade

Det var en fantastisk oplevelse at gøre dette, så jeg var jo spændt på, hvad der ventede forude???

Kristian: Her løb jeg ud over bjergsiden og paragliedede Karin

Næste dag ville jeg vise Karin det sted, hvor jeg for et par år side løb ud over bjergsiden og paragliedede ud mellem bjergene ved Sankt Johan. Dette var en utrolig grænseoverskridende udfordring for mig. Vi tog bjergbanen derop til 1800 meters højde, hvor vi så sad ved bjergstationen og nød en øl, medens vi betragtede bjergene og naturen. Endnu en dag med en lykkelig stund sammen med Karin.

Så gik turen hjemad. Trafikken omkring Hamburg var et stort kaos, men vi fandt en udvej, dog måtte vi lige køre rundt om og ind i Stadt Mitte i Hamburg. Karin roste mig, selv om det tog en lille time at komme gennem Hamburg. Nu var det dejligt at komme hjem. Så kunne vi komme til Nysted igen og nyde noget af sommeren sammen.

Jeg har jo ikke ro i sindet, så jeg fortalte Karin , at jeg engang havde været i Wien til en Strauss koncert. Aldrig så snart hun havde sagt *det var da spændende*, så øjnede jeg chancen for at kunne få en romantisk tur med Karin. Jeg gik i gang med at finde ud af, hvornår det kunne lade sig gøre. Det viste sig, at det kunne blive i oktober måned.

Så jeg gik ud hos Egons Rejser, hvor jeg spurgte Anne, om hun lige kunne hjælpe mig med at lave sådan en tur til Wien, hvor jeg selvfølgelig havde visse ønsker. Vi skulle afhentes af en limousine i lufthavnen, hotel i centrum af Wien, Strauss koncert i Wiener Kursalonen, som Vip-gæster. Og Anne havde lavet en rejse til mig, ligesom jeg havde ønsket det, så nu kunne jeg meddele Karin, nu var der afrejse til Wien 6. oktober .

Alt var timet og tilrettelagt. Da vi landede i Wien, stod chaufføren og modtog os. Ganske rigtigt holdt der en sort flot bil, som kørte os til centrum i Wien, til et dejligt hotel. Wien er jo fantastisk, så dagen efter gik vi rundt i centrum, og der hyrede jeg en flot blå vogn med to hvide heste, så nu kunne dronning Karin sætte sig ved min side og vinke til folket, medens vi kørte rundt i Wien. Om aftenen skulle vi selvfølgelig ud at spise Wienerschnitzel. Det var en stor oplevelse med betjening og mad på en rigtig wiener restaurant. Næste dags aften oprandt, det, som jeg havde glædet mig meget til at Karin skulle opleve, nemlig Strauss koncert i Kursalonen. Vi blev modtaget med et glas champagne og budt velkommen, hvorefter

Karin og jeg blev indført på første række i Salonen midtfor, og forestillingen begyndte. Dette var for mig endnu engang en stor oplevelse også for Karin, som havde glædet sig utrolig meget. Det var vidunderligt for mig at opleve kys og kram af Karin, da vi kom hjem efter en vidunderlig oplevelse.

9. Romantisk tur

Johan Strauss - Kursalon i Wien

Karin - Wien - Strauss koncert

Jeg bliver glad og overrasket over, at Kristian kommer og inviterer mig til Wien. jeg havde aldrig været i Wien, men havde ofte drømt om at opleve en wienerkoncert, så det vil jeg meget gerne. Det betød meget for Kristian, at det blev en speciel oplevelse, som vi skulle dele sammen. Da vi kom ud med vores kuffert i lufthavnen i Wien, stod der en flot mand i mørk habit med et skilt i hånden, hvor der stod K. Larsen på og sagde *velkommen til*

Blå karret-tur med 2 hvide heste, gennem Wiens gader

Wien og førte os ud af lufthavnen, hvor der holdt en stor flot sort bil. Inde i bilen havde chaufføren arrangeret et køligt velkomst glas. Vi kørte til centrum, hvor vores hotel lå. Så det var jo dejligt, at vi kunne gå direkte fra hotellet ud i centrum af Wien. Næste dag gik vi rundt i den flotte hvide by, ved den Spanske Rideskole holdt der mange hestevogne. Kristian valgte den flotteste karet, en mørkeblå vogn med to hvide heste. Vi følte os begge lidt kongelige, som Kejser Josseph og kejserinde Sissi af Østrig.

Kristian er meget romantisk, det var en fantastisk oplevelse at køre rundt i den smukke by med hvide palæer og hvide huse. Vi nød det begge to og sad tæt sammen og gav hinanden et kram flere gange. Om aftenen inviterede Kristian mig selvfølgelig på Wiens bedste restaurant på en

Wienerschnitzel, som man kun kan få i Wien. Endnu en fantastisk dag sammen med Kristian. Næste dag inviterede jeg Kristian ind i Den Spanske Rideskole, hvor vi så, hvordan hestene blev trænet, som de er blevet i århundrede, herefter besøgte vi Sissi Museet, et museum over den berømte Kejserinde Sissi, der var gift med den østrigske Kejser Joseph Strauss. Om aftenen spiste vi igen Wienerschnitzel, men nu på en anden måde, vi gik rundt hånd i hånd og oplevede en vidunderlig aftenstemning på en lun november aften. Vi opførte os som et nyforelsket par, der kyssede og krammede.

Nu oprandt jo så dagen, hvor vi skulle opleve en Strass koncert i Kur Salonen i Wien. En fantastisk bygning, hvor Johann Strass står foran parken forgyldt som statue. Det var noget af en oplevelse at træde ind i bygningen. Efter en galla middag og et glas champagne blev vi ført ind på første række midt for i salen, med guldstole. Lige foran os dansede balletdansere til de dejligste toner af Johann Strauss. Jeg må sige, at denne koncert med musik og ballet var en utrolig dejlig oplevelse for mig, tak Kristian. Efter nogle dejlige dage i Wien blev vi kørt til lufthavnen igen af vores fine chauffør og var snart hjemme i Danmark igen.

Hjemme og snart på vej til nye oplevelser

Da vi kom hjem, fortsatte vi med at ses hver weekend, på skift hos Kristian og mig, men snart var vi på en lille tur til Jylland, hvor vi boede på en hyggelig kro og kørte til grænsen på indkøb. Julen nærmede sig, Kristian holdt Jul sammen med sin familie og jeg med min. Nytårsaften holdt vi igen sammen med Kristians venner i Slagelse.

Kort efter Jul inviterede Kristian mig til Spanien i 3 uger. Vi skulle bo på et dejligt hotel i 4 uger Først var jeg ikke interesseret, jeg syntes at 1 uge ville være rigtig fint, jeg kunne ikke overskue at være væk fra mine børn og bør- nebørn så længe, men til sidst blev jeg overbevist om, at det måtte være dejligt at komme ned til et varmere klima. Min Søn Tom med familie havde besluttet at rejse til Malaga og ville bo i nærheden af vores hotel, så jeg kunne se mine børnebørn i løbet af de 3 uger, vi var der. Dette var medvir- kende til at min beslutning blev lettere. Det blev en utrolig dejlig oplevelse, det gik fint med Kristian, jeg kom til at opleve nye sider af ham, som jeg holder meget af.

9. Et liv med ny kærlighed og omsorg

Kristian

Hvor er jeg glad for, at Karin endelig besluttede sig for, at vi skulle på 3 ugers rejse sammen, nu vil jeg jo have Karin ved min side hver dag i 3 uger, så har jeg jo en hver morgen at sige godmorgen til og få et kram og et kys af. Og om aftenen kan jeg sige tak for i dag, hvor har det været en dejlig dag, sov nu godt og slutte med at sige *jeg elsker dig, du er vidunderlig*. Dette giver jo noget indhold i livet, at man igen hver dag kan opleve en god dag med kærlighed. Dagene i Malaga var også en stor oplevelse for mig, og vi fandt ud af, at vi kunne købe et buskort, hvor vi tog bussen rundt til for- skellige byer i området, det var faktisk let at finde ud af.

Jeg havde mange store oplevelser med Karin. Karin er jo et dejligt nysger- rigt menneske at rejse sammen med. Det var fantastiske 3 uger. *Tak Karin for din store kærlighed til mig*. Du er vidunderlig, det har været nogle pragtfulde uger.

Hjemme igen fortsætter vi med at se hinanden i Frederiksværk, Slagelse,

Nysted. Stadigvæk tog vi på nogle små rejser til Bornholm, nok en tur til Assmanshausen med mere.

I år 2018 i december blev jeg 80 år. Der holdt jeg en stor fest for ca. 50 mennesker, med musik og dans og dejlig mad, festen gik godt. 2019 gik jo også godt, Karin er for mig et fantastisk menneske. Hun giver mig så meget kærlighed, så hver eneste gang jeg skal være sammen med hende, glæder jeg mig så meget, og nu blev jeg jo 81 år i dette år, 2020, men føler mig stadigvæk ung og frisk og er stadigvæk forelsket i Karin - håber det varer mange år endnu. Vi husker stadig at sige godnat til hinanden, og jeg sætter stadigvæk røde roser på natbordet. Husk at være gode ved hinanden - Husk kærligheden i hverdagen - giv hinanden et lille kram og kys på kinden og måske et lille klap bag i og sig, at hun ser godt ud. Held og lykke alle sammen med jeres kærlighed.

10. Dejlige nye oplevelser med en du holder af

Karin

Vi spurgte os selv, om det var muligt, at få et liv med kærlighed og nye gode oplevelser igen efter, man har mistet den man holdt af. Vores lille historie viser, at det er muligt, også selv om du har nået en høj alder.

Vi har snart kendt hinanden i 4 år, vi har haft mange utrolige dejlige oplevelser sammen både på rejser og i hverdagen. Kristian kan lide at fortælle om sine store oplevelser i livet som alle ældre mennesker, han er et fint, betænksomt og ridderligt menneske, som elsker blomster. Mit hjem har fra den første dag været fyldt med roser, ligesom der altid er friske blomster hos ham, når jeg besøger ham, selv på mit natbord er der røde roser.

Han er, på en gang, et beskedent, kvalitetsbevidst og krævende menneske, som elsker mig og ikke ved alt det gode, han skal gøre. Jeg elsker mine børn og børnebørn over alt på jorden, men det er fantastisk igen at være sammen med en mand, man holder meget af og deler mange dejlige oplevelser med.

KARIN OG KRISTIAN

Karetkørsel i Salzburg